Junie B. Jones

Premier diplôme

Les titres de la collection Junie B. Jones :

Junie B. Jones
Premier diplôme

Barbara Park
Illustrations de Denise Brunkus

Texte français d'Isabelle Allard

Éditions
SCHOLASTIC

Catalogage avant publication de Bibliothèque et Archives Canada

Park, Barbara
Junie B. Jones : premier diplôme / Barbara Park;
illustrations de Denise Brunkus;
texte français d'Isabelle Allard.

(Junie B. Jones)
Traduction de : Junie B. Jones is a graduation girl.
Pour enfants de 7 à 10 ans.

ISBN 978-0-545-99294-7

I. Brunkus, Denise II. Allard, Isabelle III. Titre.
IV. Titre: Premier diplôme. V. Collection: Park, Barbara. Junie B. Jones.

PZ23.P363Junied 2008   j813'.54   C2008-900679-8

Édition publiée par les Éditions Scholastic,
604, rue King Ouest, Toronto (Ontario) M5V 1E1.

5 4 3 2 1   Imprimé au Canada   08 09 10 11 12

Imprimé sur du papier
contenant 30 % de
matériaux recyclés

Préservons notre environnement

Scholatic Canada a choisi d'imprimer ce livre sur du papier recyclé et a
réduit sa consommation de ressources[1] et sa pollution[1] dans les mesures suivantes[1]:

énergie	eau	gaz à effet de serre	déchets solides
5 millions de BTU	9 126 litres	264 kg	141 kg

arbres de nos
forêts ont été sauvés.

Imprimé par **Webcom Inc.** sur du papier
Legacy Trade Book White 30% à contenu postconsommation de 30 %.

FSC

Sources Mixtes
Groupe de produits issu de
forêts bien gérées et de bois
ou fibres recyclés

Cert no. SW-COC-002358
www.fsc.org
© 1996 Forest Stewardship Council

[1]L'estimation des effets sur l'environnement a été faite au moyen du calculateur «Environmental Defense Paper Calculator».

Table des matières

1/ Le mois de Junie

Je m'appelle Junie B. Jones. Le B, c'est la première lettre de Béatrice. Je n'aime pas ce prénom-là, mais le B tout seul, j'aime bien ça!

Je m'appelle Junie à cause du mois de juin. Parce que le mois de juin, c'est le mois où je suis née, bien sûr! Alors, c'est le mois de Junie!

Et vous savez quoi?

Hier, c'était mon anniversaire.

ET MAINTENANT, J'AI SIX ANS!

C'était une journée magique, je vous le dis!

Parce que samedi soir, quand je suis

allée me coucher, j'avais seulement cinq ans.

Et le lendemain matin, bingo! J'AVAIS SIX ANS!

Ma mamie Helen Miller a fait une fête de bon anniversaire pour moi. Elle a invité ma mère, mon père et mon papi Frank Miller.

Elle a aussi invité mon petit frère Ollie. Il a seulement sept mois.

Sauf qu'il n'a pas ajouté grand-chose à la fête.

J'ai beaucoup aimé cette journée.

D'abord, j'ai adoré mon gâteau au chocolat avec du glaçage blanc. Ensuite, j'ai adoré ma crème glacée aux fraises. Et aussi, j'ai adoré mes ballons! Et mes drôles de chapeaux de fête. Et toutes mes cartes de fête!

Mais surtout...

J'AI ADORÉ MES CADEAUX!

J'avais cinq belles boîtes à ouvrir en tout! Et bonne nouvelle : aucune ne contenait de vêtements!

J'ai surtout reçu des jouets et des jeux. J'ai aussi reçu une ceinture à outils à ma taille! En plus, papi Miller m'a donné des accessoires de plomberie rien qu'à moi pour l'aider à réparer la toilette!

Mais ce n'est pas tout comme bonne nouvelle! Le soir, quand maman est venue me border dans mon lit, elle m'a rappelé que la remise des diplômes de la maternelle était vendredi prochain!

Mon cœur s'est serré quand elle a dit ça. J'ai compté sur mes doigts.

— Mais vendredi, c'est seulement dans cinq journées, hein? ai-je dit.

J'ai avalé ma salive.

— Cette journée est arrivée sans qu'on s'en rende compte, ai-je dit d'une voix nerveuse.

Maman m'a serrée dans ses bras.

— Tu n'es pas inquiète, Junie B.? La
journée des diplômes, c'est amusant. Tu
verras. Et tu vas adorer être en première
année.

— Mais Paulie Allen Puffer dit que l'an

prochain, tout va être différent. Il dit que
la classe de première année n'aura pas les
mêmes élèves que la classe numéro neuf.
Alors, la classe sera remplie d'étrangers
inconnus.

Maman a froncé ses sourcils.

— Mais non, a-t-elle dit. Ce n'est pas
vrai. Je suis certaine que tu connaîtras
beaucoup d'enfants dans ta classe, Junie B.
Même si tes meilleurs amis ne sont pas
dans la même classe que toi, tu pourras
jouer avec eux à la récréation.

J'ai hoché lentement la tête.

— Oui, je suppose. Et Paulie Allen
Puffer dit qu'on va être les chefs des petits
de la maternelle. Alors, ce sera amusant,
probablement. Il dit aussi que nos cerveaux
et nos pieds vont devenir deux fois plus
gros.

Maman m'a regardée de longues
minutes.

— Ce Paulie Allen Puffer est un puits de connaissances! a-t-elle dit à voix basse.

Après, on a parlé encore un peu des diplômes et de la première année.

Et vous savez quoi?

Le lendemain, à l'école, ma maîtresse en a *encore* parlé, elle aussi.

Ma maîtresse s'appelle Madame. Elle a un autre nom, mais je ne m'en souviens jamais. Et puis, j'aime bien dire Madame tout court.

Madame a tapé des mains d'un air joyeux.

— *Ça y est*, les enfants! La semaine de la remise des diplômes est enfin arrivée! Vendredi prochain, à dix-neuf heures, les classes numéro huit et numéro neuf vont avoir une cérémonie de remise de diplômes. Bien entendu, les enfants de la maternelle du matin seront là, eux aussi. Chacun d'entre vous recevra un diplôme!

Je me suis levée d'un bond :

— UN DIPLÔME! UN DIPLÔME! JE VAIS AVOIR UN DIPLÔME!

Puis j'ai légèrement froncé les sourcils.

— Un diplôme, ce n'est pas un vêtement, hein? ai-je demandé.

Un méchant garçon appelé Jim a ri très fort.

— Ha, ha! Lubie B. Jones! Tu ne sais même pas ce qu'est un diplôme!

J'ai tapé du pied devant ce garçon.

— Oui, *je le sais*! Je sais parfaitement bien ce que c'est. Mais ce n'est pas moi l'enseignante, ici. Alors, je vais laisser Madame l'expliquer au reste de la classe.

Je me suis assise en lissant ma jupe. Puis j'ai montré Madame du doigt en disant :

— Allez-y!

Madame m'a regardée en fronçant les

sourcils.

— Comme j'allais le dire, un diplôme est un morceau de papier spécial et très important. Un diplôme, c'est un certificat qui souligne que vous avez terminé une partie de votre éducation. Pendant vos études, vous recevrez plusieurs diplômes. Celui de vendredi sera votre premier.

Je me suis relevée.

— Et devinez quoi, Madame? Je n'ai même plus peur de la première année. Parce que je vais avoir un gros cerveau et des gros pieds!

Madame m'a dit *assieds-toi*. Puis elle nous a parlé de la remise des diplômes.

Elle a expliqué qu'on allait faire une surprise à nos familles en leur préparant des invitations spéciales. Cela serait notre activité de la journée!

— Youpi! ai-je dit. J'adore faire des

invitations, Madame! Parce que ça ne ressemble pas à une activité éducative!

Après, j'ai tapé des mains.

Toute la classe numéro neuf a tapé des mains avec moi.

Parce que la semaine des diplômes commençait du bon pied!

2/
Rimes

Je me suis assise à mon pupitre bien sagement.

Madame nous a distribué du papier de couleur pour nos invitations.

Elle nous a donné du ruban frisé, de la dentelle et de la colle. Et aussi des flacons de paillettes brillantes.

— J'aimerais vous rappeler qu'on ne colle pas de poudre scintillante sur nos sourcils, a-t-elle dit. On ne met pas de dentelle dans nos narines. Et surtout, on *ne* se colle *pas* du ruban sur la tête pour faire comme si on avait de longs cheveux.

Elle m'a regardée longuement.

Je me suis un peu tortillée sur ma chaise.

Parce qu'elle a une mémoire d'éléphant, je vous le dis.

Finalement, Madame est allée au tableau. Elle a pris une craie.

— Dans les cartes, nous allons écrire un poème sur la remise des diplômes. L'un d'entre vous a-t-il une idée pour le premier vers?

Mon amie Grace a agité la main dans les airs.

— L'école est finie! a-t-elle dit.

Madame a souri. Elle a écrit cette phrase sur le tableau.

— Bon, et le deuxième vers, maintenant?

— On va faire une fête, a lancé

Charlotte.

Madame a aussi écrit cette phrase.

— Très bien, a-t-elle dit. Et maintenant, quelqu'un a une idée pour le troisième vers?

Un garçon timide qui s'appelle William s'est levé.

— Venez vendredi, a-t-il dit d'une voix nerveuse.

Madame a fait un grand sourire.

— Bravo, William! Excellent!

Elle a écrit la phrase sur le tableau.

— Bon, il ne reste qu'un vers à trouver. Essayons de le faire rimer avec fête, d'accord?

Elle a relu les trois premières phrases du poème à haute voix :

L'école est finie
On va faire une fête
Venez vendredi...

La classe numéro neuf a *fléréchi* très fort.

Tout à coup, des rimes ont jailli de tous les côtés!

— J'ai des nouvelles chaussettes! a crié Lucille.

— Ma mère s'appelle Louisette! a crié un garçon.

— Les diplômes, c'est chouette! a lancé Lynnie.

Puis Paulie Allen Puffer s'est levé d'un bond. Il s'est mis à rire comme un fou.

— LE ZOO SENT LE PET ! a-t-il crié très fort.

Toute la classe numéro neuf s'est mise à rire! Parce que PET, c'était la rime la plus drôle qu'on avait jamais entendue!

Madame a tapé des mains.

— Ça *suffit*, les enfants! a-t-elle

ronchonné.

Elle s'est approchée du pupitre de Paulie Allen Puffer et elle l'a fait s'asseoir.

— Je n'apprécie pas ton comportement, jeune homme, a-t-elle dit. Nous essayons de composer un joli poème, Paulie Allen. Et ce genre de rime n'est pas acceptable.

Après, j'ai essayé d'arrêter de rire. Mais ce drôle de poème ne voulait pas s'enlever de ma tête.

Tout à coup, un autre poème rigolo est apparu dans mon cerveau! Je ne pouvais pas le garder dans ma tête!

Je me suis mise debout sur ma chaise pour crier :

L'ÉCOLE EST FINIE
ON VA FAIRE UNE FÊTE
VENEZ VENDREDI
ET VOS PIEDS SONT PUANTS!

Les autres élèves n'ont pas pu
s'empêcher de rire. Parce que ce poème
était la chose la plus drôle qu'ils avaient
jamais entendue!

Madame m'a regardée avec de gros
yeux.

— Junie B. Jones! Tu n'as pas entendu
ce que je viens de dire? a-t-elle dit d'un air
fâché.

Elle est venue à mon pupitre. Elle m'a
amenée dans le couloir. Et elle a pointé son
doigt vers le bureau.

3/Une bonne blague

Le bureau, c'est l'endroit où vit le
directeur.

Je connais le chemin par cœur.

Il y a une dame qui tape sur un clavier
dans ce bureau.

Elle m'a regardée par-dessus le comptoir.

— Eh bien, regarde donc qui est là!

J'ai baissé la tête et je me suis regardée.

— Eh bien, on dirait que c'est moi, ai-je
dit d'une petite voix.

La dame a pointé son doigt vers la
chaise bleue.

La chaise bleue, c'est la chaise où

s'assoient les enfants méchants.

Sauf que je ne suis pas méchante. Mais des fois, il faut quand même que je m'assoie dessus.

J'ai mis mes pieds sur le bord de la chaise. Et j'ai caché mon visage dans mes genoux.

Si on ne se cache pas le visage, les gens peuvent nous reconnaître.

Après quelques minutes, j'ai ouvert un œil pour regarder la porte du directeur.

Et vous savez quoi?

Le directeur était en train de me regarder!

— Est-ce que ce serait Junie B. Jones que je vois là-bas?

J'ai fait une *esclamation* de surprise.

Parce que le directeur m'avait reconnue en voyant juste un œil!

Je suis allée dans son bureau. Je me suis

assise sur la grande chaise en bois.

Le directeur m'a fait un clin d'œil.

— Je suis surpris de te voir, Junie B. Ça fait un bout de temps que tu n'es pas venue au bureau.

J'ai hoché la tête.

— Je sais. C'est parce que mon comportement s'est considérablement amélioré.

J'ai très bien prononcé les mots.

— Mon enseignante a écrit ces mots dans mon bulletin, ai-je dit. Et vous savez quoi d'autre s'est amélioré? Ma façon de parler. Parce que maintenant, je ne dis plus *eksiprès*, *plus meilleur* et *plus pire*. L'avez-vous remarqué, monsieur le directeur?

— Je suis ravi de voir que tu fais des progrès, a-t-il dit en souriant.

J'ai souri, toute fière.

— Ma mère dit que j'ai un meilleur

bocavulaire.

— Vocabulaire, a dit le directeur.

— C'est ce que je disais, ai-je répliqué.

— Mais si tout va bien, Junie B., pourquoi es-tu ici? a-t-il demandé.

Je me suis tortillée sur la chaise, mal à l'aise.

— Parce que ce n'est pas ma faute, c'est pour ça, ai-je dit.

— *Qu'est-ce qui* n'est pas ta faute? a demandé le directeur.

Je me suis tortillée encore un peu.

Finalement, j'ai dit au directeur que Madame nous avait fait écrire un poème pour le jour des diplômes. Et qu'elle avait dit que le dernier mot devait rimer avec fête.

— Alors, Paulie Allen Puffer a fait une rime avec le mot pet. Et Madame s'est fâchée contre lui. Parce qu'elle n'appréciait pas son comportement. Sauf que tant pis pour moi. Parce que mon cerveau a pensé à un poème encore plus rigolo. Et ma bouche n'a pas pu le retenir.

Le directeur a fermé les yeux. Il a pris quelques grandes inspirations.

— Bon, a-t-il dit. Dis-moi ton poème.

J'ai avalé ma salive, très inquiète.

Puis j'ai dit d'une petite voix :

L'école est finie

On va faire une fête

Venez vendredi

et vos pieds sont puants.

Le directeur a gardé ses yeux fermés de longues minutes. Il n'a pas dit un seul mot.

Il a couché sa tête lentement sur son bureau. Et il a commencé à rire.

Son rire est devenu de plus en plus fort. Et vous savez quoi? Je me suis mise à rire, moi aussi.

— C'est un poème rigolo, hein,

monsieur le directeur? On rit bien de ma
bonne blague, vous et moi!

Le directeur a arrêté de rire tout d'un
coup. Il a relevé sa tête.

— Non, Junie B. Non, on *ne* rit *pas* de
ta bonne blague. Je suis désolé. Tu m'as
pris par surprise. Je n'aurais jamais dû rire
comme ça.

Il a croisé les bras.

— Tu *as* raison sur un point, c'est
vraiment un poème rigolo. Mais ce genre
de poème n'est pas acceptable à l'école.
Ton enseignante avait bien expliqué qu'elle
n'aimait pas la rime de Paulie Allen. Et toi,
tu as quand même dit la tienne.

Il m'a regardée avec des yeux plissés.

— Et ne me dis pas que c'est la faute de
ta bouche, d'accord? Tu sais que tu aurais
pu garder ça pour toi.

J'ai levé mes épaules.

— Je ne sais pas, ai-je dit d'une petite
voix. Peut-être que j'aurais pu.

Le directeur a tapoté sur le bureau avec
ses doigts.

— C'est très grave de désobéir à son
enseignante, Junie B. Je veux que tu
réfléchisses à la gravité de la situation.
Peux-tu faire ça?

— Oui, je peux, ai-je dit.

J'ai fermé mes yeux très fort. Et j'ai *fléréchi* à la situation.

Après, j'ai ouvert mes yeux.

— Bonne nouvelle. Je ne dirai plus le mot puant.

Le directeur a hoché la tête.

— Ça, c'est une bonne nouvelle.

Il s'est levé et m'a prise par la main. Il m'a accompagnée dans le couloir.

— C'était très intéressant de faire ta connaissance cette année, Junie B., a-t-il dit. Tu es une petite fille fascinante.

— Merci, ai-je répondu. Vous aussi, vous êtes fascinant.

On s'est fait au revoir de la main. Et j'ai commencé à gambader vers la classe numéro neuf.

Tout à coup, je me suis arrêtée. Je me suis retournée.

— Ouais, sauf qu'on ne se dit pas adieu

pour toujours, hein, monsieur le directeur?
Parce que l'année prochaine, je vais encore
me faire envoyer au bureau, probablement.
Ou peut-être qu'on se verra dans la cour de
récréation, vous et moi. Pas vrai?

Le directeur a gloussé.

— Oui, a-t-il dit.

— Youpi! ai-je dit. Youpi, youpi!

J'ai fait demi-tour et j'ai gambadé
jusqu'à la classe numéro neuf à toute
vitesse.

Parce que si je me dépêchais, je pourrais
peut-être coller des paillettes sur quelque
chose!

4/ Toges et martiens

J'ai gambadé jusqu'à la porte de la classe numéro neuf.

Puis mon visage est devenu tout content.

Devinez qui parlait à mon enseignante?

C'était Gus Vallony!

Gus Vallony, c'est mon concierge préféré!

Je suis vite allée lui parler.

— Gus Vallony! Je suis contente de te voir! ai-je dit. Pourquoi es-tu dans ma classe?

Gus Vallony a tapoté ma tête.

— J'avais une livraison importante à

faire, a-t-il dit.

Ma meilleure amie Lucille est arrivée en courant.

Elle m'a montré une grosse pile de boîtes.

— IL A APPORTÉ DES TOGES ET DES MARTIENS, JUNIE B.! DES TOGES ET DES MARTIENS, RIEN QUE POUR NOUS!

Elle m'a fait tourner sur place.

— Je l'ai entendu parler à Madame! Les toges et les martiens sont dans ces boîtes! Tout le monde va en avoir pour la remise des diplômes!

Je me suis mise à sauter de joie en entendant cette bonne nouvelle!

Parce que qui n'a pas envie d'avoir un martien, hein? J'aimerais bien le savoir!

— DES TOGES ET DES MARTIENS! ai-je crié.

— DES TOGES ET DES MARTIENS! a

crié la classe numéro neuf.

Madame s'est assise lentement sur sa chaise. Gus Vallony a tapoté son épaule. Il a dit le mot « bonne chance ».

Madame a dit à la classe d'arrêter de crier, s'il vous plaît.

— Je suis désolée, les enfants, mais Lucille n'a pas bien entendu. Personne n'aura de martien pour la remise des diplômes.

La classe a poussé un grognement déçu.

— Alors, qu'est-ce qu'on va avoir, *et-zaquetement*? ai-je demandé.

— Des toges et des mortiers, a dit Madame. Chacun d'entre vous recevra une toge et un mortier, qui est une espèce de chapeau.

— Non, non! a protesté Lucille. Je vous ai entendue dire martien, Madame! Je sais que vous l'avez dit!

Madame lui a dit chut. Puis elle a

distribué les boîtes aux élèves.

J'ai regardé dans la mienne avec beaucoup de curiosité.

Puis j'ai continué de regarder. Parce qu'il y avait quelque chose de bizarre là-dedans.

— Mon chapeau s'est fait écraser par un camion, je pense, ai-je dit. C'est un gros carré aplati.

Madame a ri.

Elle est venue à mon pupitre. Elle a

déplié le chapeau écrasé et l'a mis sur ma
tête.

— Hé! me suis-je écriée. Qui aurait cru
ça? Il me va!

Après, tout le monde a mis sa toge et
son chapeau et a gambadé dans la classe.

Sauf Lucille. Parce qu'elle était toujours
fâchée à cause de cette histoire de martiens,
évidemment.

Comme la cloche allait bientôt sonner,
Madame nous a demandé de remettre les

vêtements dans les boîtes.

— Je vais vous laisser apporter votre boîte à la maison, a-t-elle dit. Mais je vous en prie, ne jouez pas avec votre toge et votre mortier dans l'autobus. Ni à la maison. Ces vêtements sont *blancs*! Et le tissu blanc se salit très facilement.

— Je sais, Madame, ai-je répliqué. Je sais que le tissu blanc se salit facilement. Parce qu'une fois, mon papi Miller a renversé de la bière sur sa nouvelle cravate blanche. Et on peut encore voir des taches de bière dégoulinantes sur cette cravate!

Madame m'a regardée de longues minutes.

Elle s'est rassise à son bureau sans rien dire.

Et elle a attendu que la cloche sonne.

5/ Une allure du tonnerre

Moi et ma meilleure amie Grace, on a pris l'autobus ensemble.

On a tenu nos boîtes bien comme il faut sur nos genoux. Et on ne les a même pas ouvertes.

— On prend bien soin de nos toges, hein, Grace? ai-je dit. On fait attention de ne pas les salir.

— Oui, a dit Grace. On fait très attention.

J'ai regardé ma boîte.

— Je suis très fière de nous, ai-je dit.

Parce qu'on n'ouvre pas nos boîtes.

— Moi aussi, je suis fière de nous, a dit Grace.

L'autobus a continué de rouler.

J'ai poussé un soupir.

— Dommage qu'on ne puisse même pas jeter un coup d'œil, hein, Grace? ai-je dit. Juste un tout petit coup d'œil, ça ne ferait pas de mal, je parie.

Grace n'a rien répondu.

Je lui ai tapoté le bras.

— Bon, voilà ce que je pense, Grace. Je pense qu'on devrait jeter juste un petit coup d'œil et c'est tout. Qu'est-ce que tu en penses ma chère amie?

Grace a dit d'une voix très forte :

— Non, Junie B.! Non! On n'a pas le droit! Tu ne pourrais pas obéir aux ordres pour une fois? Hein? Tu veux salir ta toge, c'est ça?

J'ai fait un gros soupir fâché.

— Mais un petit coup d'œil ne va pas la *salir*, Grace, ai-je répliqué. Un coup d'œil, c'est juste regarder avec les yeux, mais très très vite.

Sauf que tant pis pour moi. Parce que Grace a continué de dire *non, non et non*.

Alors, j'ai dû attendre que cette fille têtue descende de l'autobus avant de pouvoir jeter un coup d'œil.

Quand elle est partie, j'ai regardé vite, vite dans ma boîte. Et vous savez quoi? Je n'ai rien sali du tout!

Je suis descendue de l'autobus et j'ai couru jusqu'à la maison.

Ma mamie Helen Miller gardait mon petit frère. Elle lui donnait sa collation dans sa chaise haute.

— Mamie Miller! Mamie Miller! J'ai ma toge et mon mortier! Ils sont là, dans cette boîte! Aimerais-tu que je les essaie pour te montrer, mamie? Hein? Aimerais-tu ça?

Mamie Miller a tapé des mains.

— Bien sûr que j'aimerais ça! a-t-elle dit, très contente. Essaie-les tout de suite.

— D'accord, ai-je dit.

J'ai vite mis ma toge et mon chapeau. Puis je me suis mise à danser.

— Tu vois, mamie? Tu vois de quoi j'ai l'air? J'ai l'air d'une diplômée!

J'ai sautillé autour de la chaise haute d'Ollie.

— Madame a dit de ne pas jouer avec mes nouveaux vêtements, ai-je dit. Mais sauter, ce n'est pas jouer!

Au même moment, j'ai entendu la porte de la maison qui s'ouvrait.

Youpi, youpi! Maman était rentrée du travail plus tôt!

Sa bouche s'est ouverte toute grande quand elle m'a vue.

— Ça alors! Comme tu es *mignonne* là-dedans!

— Je sais, maman! Je sais que je suis mignonne! J'ai une allure du tonnerre là-dedans!

J'ai fait une pirouette devant elle.

— Tu as vu ma pirouette, maman? Faire des pirouettes, ce n'est pas la même chose que jouer.

Après ma pirouette, je suis tombée par terre. Tomber par terre, c'est ce qui arrive après une pirouette. On ne peut pas l'empêcher.

Maman m'a relevée.

— Peut-être que tu devrais l'enlever avant de la salir.

— Non, maman. Non, je veux la garder. S'il te plaît, est-ce que je peux? Dis oui!

J'ai couru jusqu'à la chaise d'Ollie. Je me suis cachée derrière.

Ollie a tourné la tête pour me regarder. Il avait le visage tout barbouillé.

— Je ne suis pas un bébé barbouillé

comme Ollie, ai-je dit. Je ne me salirai pas, c'est promis.

Maman a secoué la tête.

— Désolée, mais ce n'est pas une bonne idée de jouer avec ta toge.

Après, maman et mamie Miller m'ont bloqué le chemin. Alors, je n'ai pas pu me sauver.

— Zut! ai-je dit. Je suis encerclée.

Maman m'a enlevé ma toge et mon chapeau. Elle les a remis dans la boîte.

— Je ferais mieux de les ranger pour les garder en sécurité, a-t-elle dit en mettant la boîte sur le dessus du *réfigérateur*.

— Non, tu ne ferais pas mieux, ai-je ronchonné.

Maman m'a regardée avec des yeux plissés. Puis elle m'a prise par le bras et m'a amenée dans ma chambre. Elle n'a pas le sens de l'humour, on dirait.

Elle a fermé ma porte et elle est partie.

Je me suis couchée sur mon lit, très déprimée.

Mes animaux en peluche étaient déprimés, eux aussi.

— Tout le monde pense que je suis un bébé maladroit, ai-je dit. Mais ce n'est pas vrai.

— *Moi, je ne pense pas que tu es un bébé maladroit*, a dit mon éléphant qui

s'appelle Philip Johnny Bob.

— *Moi non plus, je ne pense pas que tu es un bébé maladroit*, a dit ma poupée qui s'appelle Ruth.

Mon autre poupée qui s'appelle Larry a soupiré :

— *Ta mère n'aurait pas dû mettre ta toge et ton chapeau sur le dessus du*

réfigérateur.

— *C'est vrai*, a dit Philip Johnny Bob. *Maintenant, tu ne peux pas aller les chercher pour nous les montrer.*

J'ai *fléréchi* un moment.

Puis j'ai soulevé son oreille toute douce et j'ai chuchoté :

— Peut-être que je peux.

6/ Chaud et soif

Le lendemain matin, mon papi Frank Miller est venu nous garder.

J'aime beaucoup ce gardien!

Parce qu'il ne suit même pas les règlements, c'est pour ça!

Papi Miller m'a laissée préparer mon déjeuner toute seule. J'ai préparé deux gaufres. Et trois guimauves. Et un bol de fromage en grains.

Et vous savez quoi? Mon papi m'a laissée verser moi-même mon jus de raisin! Je n'en ai pas renversé une seule goutte!

— Tu vois, papi? Tu vois comme je fais attention? Je ne suis pas un bébé maladroit, hein?

Papi était en train de nourrir Ollie.

— Mais non, a-t-il dit.

Mes yeux ont regardé le haut du *réfigérateur*.

Je me suis levée de ma chaise.

— Bon, Frank, je crois que je vais te laisser tranquille, maintenant. Donne-moi seulement la boîte qui est sur le dessus du *réfigérateur*, et je m'en vais.

Bébé Ollie s'est mis à pleurer.

Papi lui a tapoté le dos.

J'ai tapé du pied sur le plancher.

— Ouais, sauf que j'attends, moi, papi.

Finalement, papi Miller s'est levé et a pris ma boîte.

Il a commencé à l'ouvrir.

Tout à coup, Ollie a poussé un grand cri.

Il a renversé son bol de céréales sur sa tête!

— OH NON! a crié papi.

Il m'a tendu la boîte et s'est dépêché d'aller nettoyer la tête d'Ollie.

J'ai couru dans ma chambre. J'ai

verrouillé ma porte. Puis j'ai agité ma boîte dans les airs.

— Je l'ai, les amis! ai-je annoncé.

— *Hourra!* a dit Philip Johnny Bob.

— *Hourra!* ont dit mes poupées Ruth et Larry.

J'ai installé mes amis sur ma bibliothèque. J'ai enfilé ma toge.

— Vous voyez? Vous voyez comme je suis mignonne! Je suis une diplômée!

— *Oh là là!* ont-ils dit tous ensemble.

J'ai dansé, gambadé, sautillé et pirouetté. Parce qu'ils n'arrêtaient pas de m'applaudir, c'est pour ça.

Finalement, je me suis couchée sur mon lit.

— Bon, c'est assez, les amis. J'ai chaud et j'ai soif!

— *Moi aussi!* a dit ma poupée Larry.

J'ai chaud et soif!

— *Moi aussi!* a dit ma poupée Ruth.
J'aimerais bien boire quelque chose.

C'est alors qu'une idée géniale est
apparue dans ma tête!

Je me suis assise bien droite.

— Hé! Attendez une minute! Je viens
juste d'apprendre à verser du jus de raisin
sans en renverser. Alors, je pourrais aller
nous en chercher!

— *Oui!* a dit Philip Johnny Bob.

— *Oui, oui!* ont dit mes poupées Larry
et Ruth.

Je me suis approchée de la porte et j'ai
écouté dans le couloir.

Papi Miller était en train de donner un
bain à Ollie.

— Chut! ai-je chuchoté à mes amis.
Attendez-moi ici. Je reviens tout de suite.

J'ai marché jusqu'à la cuisine sur la pointe des pieds.

Je nous ai versé un grand verre de jus de raisin.

Et je suis revenue sur la pointe des pieds.

7/ Dégoulinades

Le jus de raisin, ça peut causer des problèmes.

D'abord, ma poupée Ruth a eu du mauve sur sa bouche.

Après, mon nounours a eu une goutte sur sa patte.

Et puis, catastrophe!

MA POUPÉE LARRY A OUBLIÉ D'AVALER TOUTE SA GORGÉE!

Des dégoulinades ont coulé partout sur ma bibliothèque.

J'ai mis ma main sur ma bouche. Mon cœur battait la *charade*. Parce que si le jus de raisin coulait sur mon tapis, j'allais avoir UNE GROSSE PUNITION, MADEMOISELLE!

— Un linge! J'ai besoin d'un linge! ai-je crié.

J'ai couru en rond dans ma chambre!

Tout à coup, j'ai baissé les yeux pour me regarder. Et vous savez quoi? J'avais tout le linge qu'il me fallait.

Je me suis déshabillée. J'ai épongé les gouttes.

Mes épaules se sont senties soulagées.

— *Fiou!* Je l'ai échappé belle!

Après, je suis allée sur mon lit. J'ai mis ma tête sur mon oreiller.

— Mon cerveau est génial d'avoir pensé à ça, ai-je dit.

J'ai respiré, respiré...

Tout à coup, j'ai froncé les sourcils.

Parce qu'il y avait quelque chose qui ne marchait pas.

Je me suis caché la tête sous mon drap. J'ai tourné ma tête très lentement. Et j'ai regardé ma bibliothèque.

Mon ventre a fait une culbute.

Parce que je venais de voir ma toge blanche, c'est pour ça! Elle avait des taches de jus partout sur le devant!

J'ai regardé Larry avec des yeux fâchés.

— Regarde ce que tu m'as fait faire! ai-je dit. Tu m'as fait prendre ma toge pour nettoyer ce jus idiot. Super, Larry! Super bravo.

Larry s'est caché sous mon lit. Et il n'est pas ressorti.

Les taches de jus, ça ne s'enlève pas. Même quand on les efface avec une

gomme à effacer toute neuve. Ou quand on
les colorie avec un crayon blanc tout neuf.
Ou quand on les frotte avec le nouveau
dentifrice blanchissant éclatant de papa.

J'ai frotté de tous les côtés et dans tous les sens. Mais les taches restaient là.

— Zut! ai-je dit. Maintenant, je vais avoir l'air d'un bébé barbouillé pour la remise des diplômes. Et ce n'est même pas moi qui *a fait dégouliner* le jus!

À ce moment-là, j'ai entendu des coups à ma porte.

C'était papi Miller!

— Junie B.? Est-ce que tout va bien?

Mon cœur a recommencé à cogner dans ma poitrine.

— Oui, papi! Oui, tout est super parfait! Je joue avec mes animaux en peluche, c'est tout!

Papi Frank Miller a encore frappé.

— Peux-tu ouvrir la porte, s'il te plaît?

J'ai senti de l'énervement. Parce que je ne voulais pas qu'il soit au courant de mon problème, c'est pour ça.

J'ai vite poussé ma toge sous mon lit, puis j'ai ouvert un peu la porte.

— Bonjour, comment ça va, aujourd'hui? ai-je dit. Moi, ça va bien. Sauf que je suis très occupée, en ce moment. Alors, s'il te plaît, j'aimerais que tu me laisses continuer.

Papi Miller tenait bébé Ollie. Il m'a regardée avec des yeux déçus.

— Oh, zut! a-t-il dit. Maintenant que j'ai nettoyé ton frère, je me suis dit qu'on pourrait lui montrer comment jouer aux dames, toi et moi.

J'ai regardé Ollie. Il portait un chandail propre avec des petits pois mauves.

— Non, merci, ai-je dit. Je lui montrerai comment jouer aux dames un autre jour.

J'ai fait gentiment au revoir avec ma main.

— Bon, ça m'a fait plaisir de te voir, Frank, ai-je dit. Au revoir.

J'ai fermé la porte. Et j'ai attendu que les bruits de pas de papi s'en aillent.

Après, j'ai sorti ma toge de sous mon lit. J'ai regardé cette stupide toge.

— Pourquoi cette toge doit-elle être blanche, aussi? ai-je ronchonné. Pourquoi elle n'est pas mauve, comme le jus de raisin? Si elle était mauve comme le jus de raisin, les taches ne se verraient même pas.

J'ai tambouriné avec mes doigts, très fâchée.

— Ou alors, cette stupide toge aurait pu avoir des fleurs mauves dessus. Le jus se serait mélangé avec les fleurs, probablement. Ou bien des petits pois mauves, comme le chandail d'Ollie. S'il y avait des petits pois mauves dessus, personne ne remarquerait les gouttes de jus.

Tout à coup, je me suis redressée.

Parce que je venais d'avoir une autre idée géniale dans ma tête.

Je me suis précipitée à mon bureau.

J'ai regardé dans tous mes tiroirs. J'ai trouvé mes marqueurs de couleur.

J'ai éclaté de rire, très soulagée.

J'ai étendu ma toge de diplôme sur le plancher. J'ai travaillé avec beaucoup d'efforts.

Et vous savez quoi?

Quand j'ai fini, on ne voyait presque plus les taches!

— Mon cerveau est génial, après tout! ai-je dit.

J'ai remis la toge et le chapeau dans la boîte. Je l'ai rapportée à papi Miller.

— Bon, papi, tu peux remettre la boîte

sur le *réfigérateur*, maintenant.

Je lui ai fait un grand sourire.

Parce que vous savez quoi?

C'est ce qu'il a fait!

8/ Répétition

La classe numéro huit et la classe
numéro neuf ont répété ensemble pour
la remise des diplômes.

On s'est tous rassemblés sur la scène
dans l'auditorium. Parce que c'est sur
cette scène que les élèves reçoivent leurs
diplômes, évidemment!

Madame a montré à tout le monde
comment monter les marches sans tomber.
Elle a fait jouer de la musique pendant
qu'on défilait.

Et vous savez quoi?

La classe numéro neuf défilait mieux que la classe numéro huit. Sauf Paulie Allen Puffer, qui n'arrêtait pas de saluer la foule comme un idiot. Et Lynnie, qui marchait sur les talons de tout le monde. Et aussi William le timide, qui est sorti en courant de l'auditorium. Il a couru dans le couloir. Gus Vallony a été obligé de courir après lui dans le stationnement.

Après, le directeur a parlé à William très longtemps. Il a même appelé sa mère, je pense.

— Je ne suis pas comme William, ai-je dit à Lucille et Grace. Je ne suis presque pas nerveuse de monter sur la scène.

— Moi non plus, a dit Grace. Je ne suis presque pas nerveuse de monter sur la scène.

Lucille a fait bouffer ses cheveux

bouffants.

— Ma grand-maman dit que je suis *née* pour monter sur scène, a-t-elle dit. Elle dit que les gens aiment me regarder. Parce que je suis jolie à croquer.

Lucille a plissé son nez d'un air mignon. Elle a gambadé autour de nous.

Grace et moi, on l'a regardée gambader un long moment.

Finalement, Lucille a arrêté de gambader. Et toutes les trois, on s'est fait un gros câlin.

Parce qu'on est les trois meilleures amies du monde.

La semaine a passé très vite.

Le vendredi soir est arrivé en un clin d'œil. J'étais tellement excitée que je n'ai pas pu manger tout mon souper.

Je me suis levée de ma chaise. J'ai couru partout dans la maison.

— Du calme, a dit papa.

— Du calme, a dit maman.

— Du calme! ai-je crié.

Puis j'ai éclaté de rire. Parce que je suis une petite rigolote, c'est pour ça!

Finalement, c'était l'heure de partir.

Maman a pris ma boîte sur le dessus du *réfigérateur*.

Je me suis mise à sauter sur place.

— Donne-moi la boîte, maman! S'il te plaît! Je veux la transporter moi-même jusqu'à la classe numéro neuf. Parce que c'est là que tous les élèves vont s'habiller.

Maman m'a donné la boîte.

Papa a encore dit : « Du calme », puis on est montés dans la voiture pour aller à l'école.

Papi et mamie Miller nous attendaient dans le stationnement.

Je leur ai donné un câlin. Puis j'ai couru à toute vitesse jusqu'à la classe numéro neuf.

Et vous savez quoi?

Tous les enfants de la maternelle du matin et de l'après-midi se préparaient en même temps!

Je suis entrée en courant.

— C'EST MOI, LES AMIS! C'EST JUNIE B. JONES! JE SUIS ICI POUR MON DIPLÔME!

Lucille et Grace se sont approchées de moi.

Elles portaient déjà leur toge et leur chapeau. Et elles étaient superbes, je vous le dis!

— Dépêche-toi, Junie B., a dit Lucille.

Dépêche-toi de mettre ta toge. Madame va
nous prendre en photo.

— Oui, a dit Grace. Vite, vite!

Elle a pris ma boîte et a sorti ma toge et
mon chapeau.

Elle a eu une *esclamation* de surprise.

— Oh, non! Qu'est-ce qui s'est passé, Junie B.? Qu'est-ce qui est arrivé à ta toge?

Mon ventre s'est senti un peu malade. Parce qu'il y avait plus de pois que je pensais sur cette toge.

— Redonne-la-moi, Grace. Ne la lève pas dans les airs. Je ne veux pas que quelqu'un la remarque.

Lucille a ri très fort.

— Mais voyons, Junie B.! Comment veux-tu qu'on ne la remarque pas? Tu as dessiné de grosses taches mauves dessus!

J'ai fait un gros soupir fâché.

— Ce ne sont pas des taches, Lucille, ai-je dit. Ce sont des pois mauves que j'ai dessinés pour cacher les gouttes de jus. Alors, ce n'est pas du tout ce que tu penses, madame!

À ce moment-là, des enfants m'ont

entendue crier. Ils se sont retournés.

— Super, Lucille, ai-je dit. Regarde ce que tu as fait. Tu as attiré leur attention. À cause de toi, tout le monde me regarde. Alors, comment je vais faire pour passer inaperçue?

J'ai pris ma toge et j'ai couru au fond de la classe.

Tout à coup, j'ai entendu une voix.

— Junie B. Jones?

J'ai regardé en avant de la classe. C'était Madame.

Elle a étiré son cou pour me regarder.

— Est-ce qu'il y a un problème là-bas, Junie B.?

J'ai secoué ma tête à toute vitesse.

— Non, Madame! Non. Il n'y a pas de problème. Je vous le promets. Alors, s'il vous plaît, ne venez pas ici. Je suis sérieuse!

Madame est venue.

Et vous savez quoi?

Toute la classe numéro neuf est venue avec elle.

Madame m'a enlevé ma toge et mon chapeau.

Les enfants se sont mis à rire en voyant ma toge.

— Quelle sorte de toge est-ce que c'est que ça? a dit Jim-la-peste.

— Je sais! a dit Paulie Allen Puffer. C'est la sorte de toge que portent les clowns!

— Ouais! a crié Jim. C'est une toge de clown à pois mauves!

Les rires ont redoublé.

J'ai mis mes mains sur mes oreilles pour les empêcher d'entrer dans ma tête.

J'ai essayé de leur parler de ma poupée

Larry. Et des dégoulinades. Et de mon marqueur mauve. Puis mon nez s'est mis à couler. J'avais de la difficulté à parler.

Finalement, je me suis mise à pleurer.

Et vous savez quoi?

Ils ont tous arrêté de rire.

8/ Le plus beau jour de notre vie

Madame m'a amenée dans le couloir. Elle a essuyé mes joues avec un mouchoir. On a parlé de ma toge.

Madame a dit que je serais vraiment mignonne dans cette toge à pois. Parce que le mauve était sa couleur préférée. Et aussi, le jus de raisin était sa sorte de jus préférée.

J'ai continué de pleurer.

Parce que je ne la croyais pas, c'est pour ça.

Papa et maman sont arrivés à la classe numéro neuf. Ils étaient avec papi Miller.

Les yeux leur sont sortis de la tête en

voyant ma toge à pois.

— Pardon, pardon! ai-je dit. S'il vous plaît, ne criez pas après moi! Parce que je pleure déjà. En plus, porter cette toge de clown idiote, ce sera assez, comme punition.

Papa et maman n'ont pas crié. Ils ont dit qu'on en discuterait plus tard.

Maman m'a aidé à mettre la toge et le chapeau. Elle m'a serrée gentiment dans ses bras.

Papa m'a souri. Il a dit que j'étais mignonne avec tous ces petits pois.

— C'est vrai qu'elle est mignonne, a dit papi Miller. Et en plus, quand elle sera sur la scène, on ne pourra pas la manquer!

Il m'a fait un clin d'œil.

Ça m'a fait rire. Parce que papi est un petit comique, c'est pour ça.

Finalement, Madame m'a tapoté le dos.

— Est-ce que ça va mieux, Junie B.? Es-

tu prête à revenir dans la classe avec tes
amis?

J'ai levé les épaules, un peu inquiète.

— Bien sûr qu'elle est prête! a dit mon
papi. Voyons donc! C'est Junie B. Jones!

Il m'a fait tenir debout bien droite. Il
m'a tournée face à la porte.

J'ai pris une grande inspiration.

Madame et moi, on est rentrées dans la
classe.

Paulie Allen et Jim ont bondi devant
moi.

— SURPRISE! SURPRISE! ont-ils crié.

— SURPRISE! a crié ma meilleure amie
Grace.

J'ai regardé mes amis, très surprise. Ma
bouche s'est ouverte toute grande!

Parce qu'ils avaient DES POIS SUR
LEURS VÊTEMENTS, COMME MOI!

Grace a gambadé autour de moi.

— C'était l'idée de Jim, Junie B., a-t-elle
dit. Il a dit que si on avait tous des pois, tu
serais moins triste! Alors, Paulie Allen a
trouvé des marqueurs et on a colorié nos
toges et nos chapeaux, nous aussi!

Grace a regardé Madame.

— Avez-vous vu, Madame? C'est beau,
hein? J'ai dessiné des pois rouges. Jim a fait
des pois bleus. Et Paulie Allen a colorié des
pois verts.

William a levé sa main.

— Et moi, je fais des pois orange, a-t-il
dit d'une petite voix.

— Et moi, des pois violets! a dit
Charlotte.

— Et moi, des pois roses! a dit ma
meilleure amie Lucille. Parce que le rose
fait ressortir le rouge naturel de mes joues.

Madame a souri.

Son sourire s'est agrandi.

— Eh bien, Junie B.? a-t-elle dit. Qu'est-
ce que tu dis de ça? Hein?

Mon visage s'est éclairé de joie.

— JE DIS QUE JE LES AIME, MES AMIS. JE LES AIME BEAUCOUP!

Jim a dit :

— Beurk!

Paulie Allen a dit :

— Beurk!

Tous les élèves de la classe numéro neuf ont éclaté de rire.

Et cette fois, je riais avec eux!

La remise des diplômes a finalement commencé.

L'enseignante de la classe numéro huit a monté les marches de la scène. Elle a dit bonjour à tout le monde.

Puis Madame est montée sur la scène, elle aussi. Elle avait encore son sourire.

— Bienvenue aux familles et aux amis, a-t-elle dit. Je suis enseignante depuis longtemps, et je peux dire que ces enfants

sont les diplômés les plus hauts en couleur
que j'aie vus dans toute ma carrière!

Elle a tendu le bras.

— Mesdames et messieurs, nous
sommes fières de présenter les diplômés de
la classe numéro huit et de la classe
numéro neuf!

La musique a commencé. Tous les
enfants sont entrés dans l'auditorium.

Les spectateurs ont gloussé en nous
voyant.

La classe numéro neuf a gloussé elle
aussi.

Tous les élèves se sont assis sur des
chaises spéciales. Les deux enseignantes ont
encore parlé.

Puis le grand moment est arrivé!

Madame nous a appelés un par un. On
est montés sur la scène pour recevoir un
diplôme.

Bonne nouvelle! Paulie Allen Puffer n'a

pas salué comme un idiot. Lynnie n'a
marché sur les talons de personne. Et
William le timide ne s'est pas sauvé.

C'était le plus beau jour de notre vie, je
vous le dis!

Je me sentais grande comme une géante,
là-haut sur la scène.

Quand Madame m'a donné mon
diplôme, elle m'a serré la main très

gentiment.

— Tu vas me manquer, Junie B. Jones, a-t-elle dit. Tu es vraiment unique.

— Merci, Madame. Vous aussi, vous êtes unique.

Mon papi Miller a sifflé très fort. Maman et papa ont applaudi, tout fiers.

Et voici la meilleure nouvelle de toutes : après la remise des diplômes, les élèves de la classe numéro neuf n'ont même pas eu besoin de se dire adieu! Parce qu'on va tous revenir à la même école pour la première année! Alors, on pourra jouer ensemble à la récréation, comme maman l'a dit!

Et vous savez quoi?

J'ai hâte de revoir ces élèves!

Parce qu'on va être amis pour toujours et à jamais.

Pour toute notre vie.

Je suis sérieuse.

Mot de Barbara Park

« Quand j'ai écrit la première aventure de Junie B. Jones, je prévoyais la garder en maternelle pour toujours. "Presque six ans" me semblait l'âge idéal pour une petite fille impertinente qui arrivait presque à maîtriser sa personnalité excessive... mais pas tout à fait.

Puis, petit à petit, j'ai changé d'avis. Après tout, savoir que notre travail sera récompensé à la fin de l'année par notre passage dans la classe suivante fait partie du plaisir de l'école. Et Junie B. a fait beaucoup de progrès depuis le premier jour où elle a pris le stupide d'autobus puant pour sa première journée de maternelle.

Alors, bonne nouvelle! Le jour de la remise des diplômes est enfin arrivé pour la classe numéro neuf. Et bien sûr, quand Junie B. fait partie d'une cérémonie, les choses se déroulent presque toujours bien, mais pas tout à fait... »